TO ....

FROM ....

   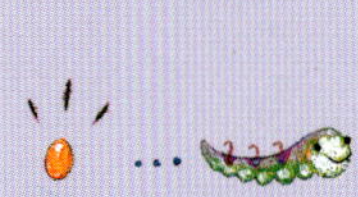  

MY BABY'S
FIRST YEAR BOOK

우리 아기 첫해의 이야기

글 · 기획 | 성미정

39년 전 어느 가을날 여행을 시작했습니다. 10살 무렵부터 시인이 되기를 꿈꾸었고,
1995년 《현대시학》으로 등단하여 두 권의 시집(『대머리와의 사랑』, 『사랑은 야채 같은 것』)을 냈습니다.
7년 전 여행에 동행한 남자와의 사이에 기차와 여행을 좋아하는 4살배기 사내아이를 두었습니다.
그림책과 장난감을 좋아하여 현재 신기한 장난감과 그림책으로 가득한 조그만 가게를 운영하고 있습니다.

그림 | 이은

1968년생. 홍익대학교 서양화과 졸업. 홍익대학교 대학원 광고디자인과 졸업.
영국 Kingston University Illustration MA 졸업.
그림을 그린 책으로는 『원시인 예티와 사과나무』, 『거인의 정원』, 『정글북』,
『모니카는 되고 싶어』 등이 있으며, 프리랜서 일러스트레이터로 활동 중입니다.

My Baby's First Year Book
우리 아기 첫해의 이야기
글 · 기획 성미정 | 그림 이은

초판 1쇄 발행일   2005년 12월 1일

펴낸이 · 김요일
펴낸곳 · 아이들판
주소 · 서울시 마포구 신수동 345-5(121-110)
대표전화 · 702-1800 | 팩시밀리 · 702-0084
이메일 · idolpan@idolpan.com
홈페이지 · www.idolpan.com
출판등록 · 제10-2558호(2003. 1. 22)

값 12,000원
ISBN 89-5734-017-3   03890

MY BABY'S
FIRST YEAR BOOK

기획 : 성미정
일러스트 : 이은

이 책은……

아기가 태어난 후 첫돌까지의 기록을 담는 육아 일기입니다. 아기의 생후 1년은 부모에게나 아기에게나 중요한 시간이지만 아기에게 모든 생활 리듬을 맞추고 육아에 시달리다 보면 임신했을 때 꿈꿨던 멋진 육아 일기를 완성하는 것이 그리 쉽지 않습니다. 저 또한 그랬습니다. 그래서 우리 나라 실정에 맞는 베이비 다이어리의 필요성을 느끼게 되었습니다.

이 책은 아기의 성장과 관련된 각 7개의 부분으로 나누어져 있습니다. 기록을 담는 페이지, 사진을 붙이는 페이지, 봉투가 붙어 있는 페이지 등 3가지로 구분되어 있습니다. 기록을 담는 페이지는 아기의 탄생과 성장에 이르는 감회를 기록하는 곳입니다. 사진을 붙이는 페이지는 가로든 세로든 사진의 형태에 구애받지 않도록 페이지에 별다른 구성을 하지 않았습니다. 본문 중의 작은 봉투에는 아기의 머리카락이나 손톱 등을 보관할 수 있습니다. 특히 뒷표지 안쪽의 큰 봉투에는 출생증명서나 팔찌 등 페이지 안에 담기 힘든 것들을 보관하는 곳입니다.

책 뒷부분의 'First Year Special Memo'는 1년 동안 아기와 부모의 특별한 추억들을 자유롭게 기록할 수 있도록 배려해서 여백으로 남겨 두었습니다. 이 책은 아기의 사진과 부모의 글이 들어가 완성되었을 때 아기와 가족이 주인공이 될 수 있도록 그림과 글을 단순하게 넣었습니다.

이 책 한 권에 탄생에서 첫돌까지의 아기와 부모의 소중한 시간들을 간직할 수 있도록 만들어졌습니다. 이 책은 아기가 성장한 훗날 부모의 사랑을 느낄 수 있는 귀한 선물이 될 것입니다. 또한 초보 부모에게는 생명의 탄생과 성장의 벅차고 놀라운 순간들을 영원히 담아두는 보물이 될 것입니다.

— 성미정

CONTENTS My Baby's First Year Book

WELCOME

WELCOME MY BABY

A DREAM OF CONCEPTION

꿈 속에서 만난 우리 아기 (태몽)

10

A DREAM OF CONCEPTION

YOUR HEARTBEAT

우리 아기 심장 뛰는 소리에

Date

....

Hospital

....

Doctor

....

Our Feeling

....

....

....

 ....

Ultra Sound Photo

초음파 사진

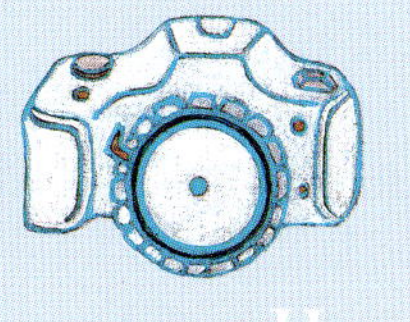

PREGNANCY

Morning Sickness (입덧)

Mama's Favorite Food (음식)

First Kicking (발길질)

Mama's Feeling

Mama's Belly Photo

보름달처럼 부풀어 가는 엄마 배

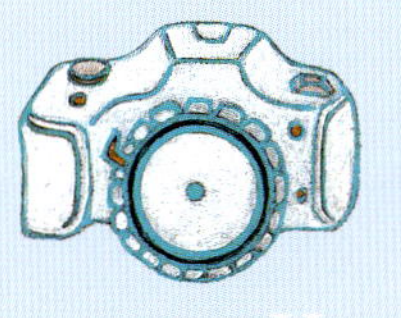

YOUR ARRIVAL

우리 아기 처음 만난 날

Date
....

Time
....

Hospital
....

Doctor
....

Height
....

Weight
....

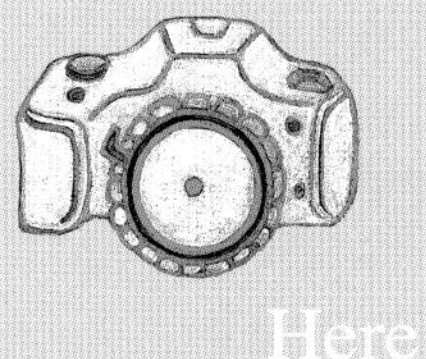

Photo
Here

OUR FEELING

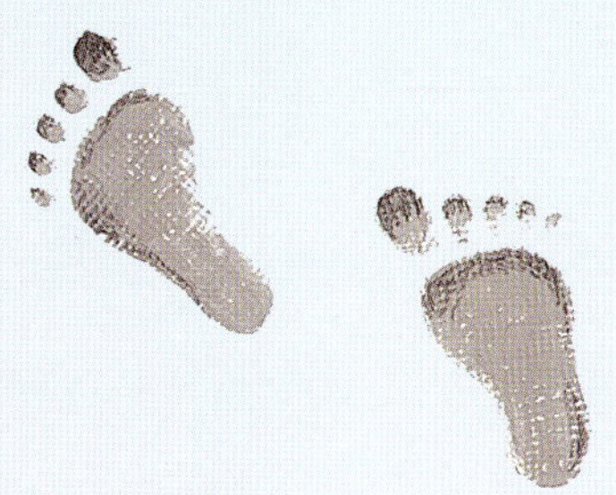

YOUR NAME

Why this nave?
우리 아기 이름은?

....

....

....

Nick Names
별명이 많기도 하지

....

....

....

A Register Birth
출생신고

....

....

45

WELCOME HOME

우리 아기 보금자리

FAMILY TREE

가족 이야기

24

모두들 너를 기다렸단다

FIRST WEEK

천사 같은 우리 아기

Photo

Here

Your First Address

BABY'S TWENTY-FIRST DAY OF LIEF

삼칠일이 지났어요

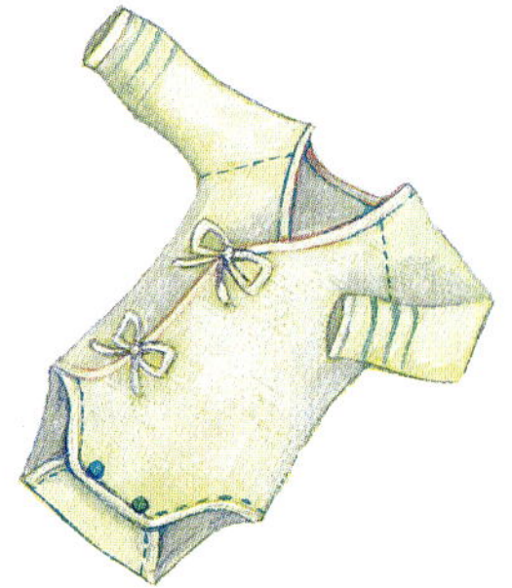

Visitors
축하해 주신 분들

You looked like
우리 아기는 누굴 닮았나요

Gift

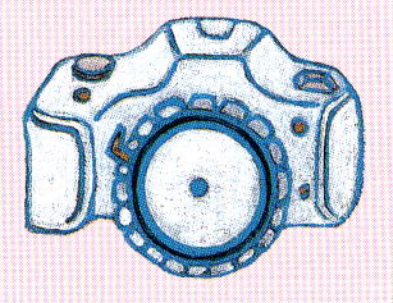

Photo
Here

CELEBRATION

우리 아기 즐거운 날들

ONE HUNDREDTH DAY

백일

Date ....

Visitors ....

Gifts ....

Message ....

....

 ....

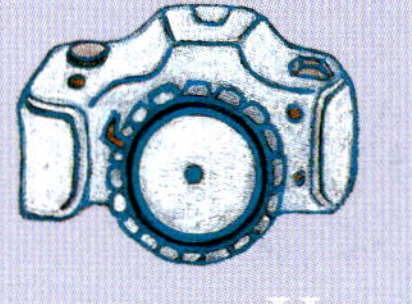
Photo
Here

FIRST CHRISTMAS

산타 할아버질 만났니?

Gifts
무엇을 주셨니?

Memo

Photo
Here

THE **FIRST** BIRTHDAY

첫돌

Date ....

Vistors ....

Gifts ....

....

Memo ....

....

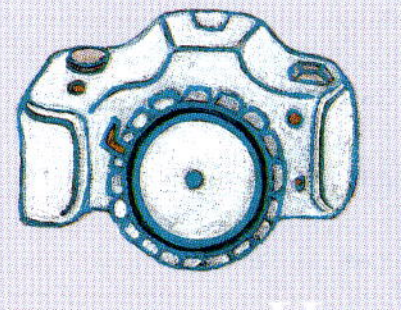

Photo
Here

YOUR FIRSTS

하루하루 새로워요

FIRST NAIL CUT

초승달처럼 고운 우리 아기 손톱

Date

Mama's Feeling

Photo
Here

FIRST HAIR CUT

솜털 같던 배냇머리를 자르고

Date

Memo

Photo
Here

FIRST WORDS

우리 아기 입에서

Said "Mama"

"엄마" 소리가 나왔어요

Date

Feeling

Said "Papa"

"아빠" 소리가 나왔어요

Date

Feeling

FIRST FOOD

세상엔 맛보고 싶은 것이 가득해요

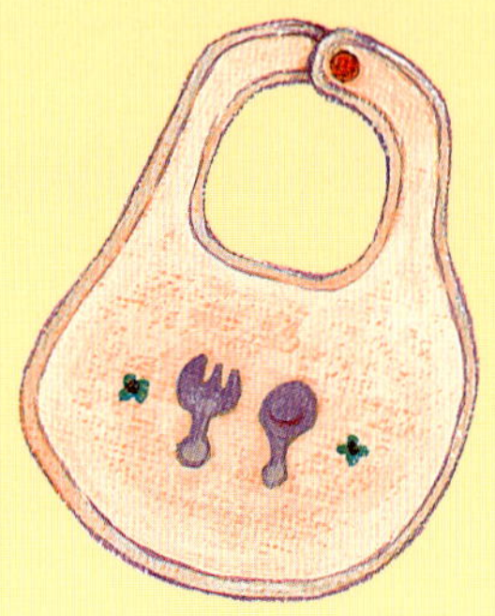

Date

Recipe

Horrid Food

이런 건 먹고 싶지 않아요

Delicious Food

매일매일 이런 것만 주세요

Photo
Here

YOUR **HAPPY TIME**

네가 있어 행복한 순간들

FAVORITE THINGS
우리 아기 보물들

Toys
장난감

Stuffud Animals
봉제 인형

Clothes
옷들

Books & Viedos
책과 비디오

Best Favorite Thing

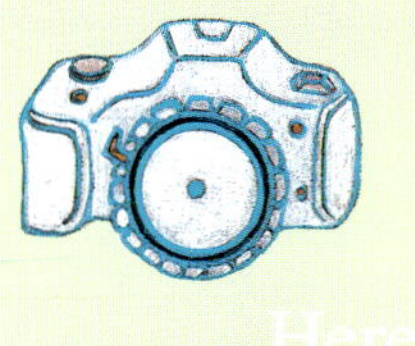

TIME WITH DADDY

아빠하고 나하고

Only daddy can

아빠와 씩씩하게 놀아요

Special Memory

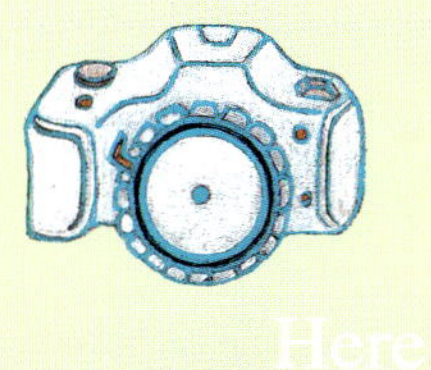
Photo
Here

OUTINGS

나들이

FIRST EXCURSION

첫 나들이

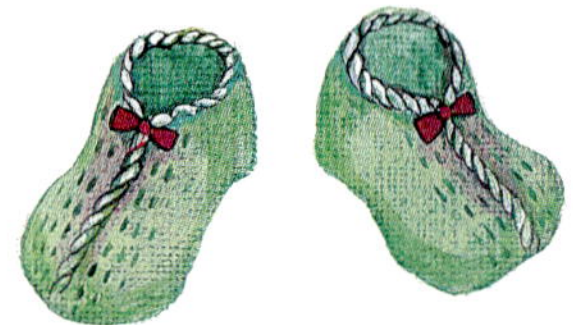

Trip to Park 공원에 갔어요

Date

Memo

Trip to Zoo 동물 친구들을 만났어요

Date

Memo

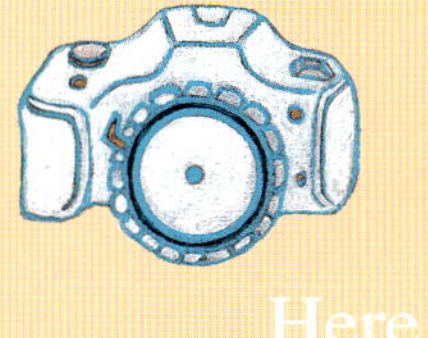
Photo
Here

FIRST JOURNEY

첫 여행

Date ....

Place ....

Memo ....

....

....

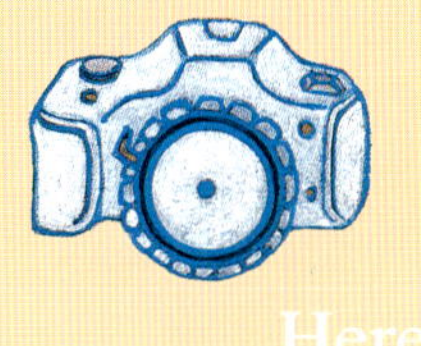
Photo
Here

GROWING & CHANGING

하루가 다르게 자라요

GROWING

연두빛 새순처럼 쑥쑥 자라요

	WEIGHT	HEIGHT
Birth		
2 Weeks		
1 Month		
2 Months		
3 Months		
4 Months		
5 Months		
6 Months		
7 Months		
8 Months		
9 Months		
10 Months		
11 Months		
1 Year		

HEIGHT　　　　　　　HEIGHT

Holding head up
목을 가누고

Rolled over
뒤집고

Sat unassisted
혼자 앉고

First tooth appeared
첫니가 보이고

Crawled
기고

Stood unassisted
혼자 서고

One step, tow steps
걷기 시작했어요

INFANT ILLNESS

우리 아기 아팠던 날들

ACCIDENT

눈 깜짝할 사이에 다쳤어요

Vaccination		1	2	3	Booster		
비씨지	BCG						
B형간염	Hepatitis B						
디피티	DTaP						
폴리오	Poilo:OPV						
뇌수막염	Hib						
홍역	Measles						
수두	Varicella						
홍역,볼거리,풍진	MMR						
일본뇌염	JEB						
독감	Influenza						
장티푸스	Typhoid Fever						
A형간염	Hepatitis A						
결핵반응검사	Mantoux test						

1st

FIRST YEAR SPECIAL MEMO

영원히 간직하고 싶은 이야기들